L'IMPOSSIBLE

PAR

GUSTAVE GUITTON

LA ROCHE-SUR-YON

RAOUL IVONNET, IMPRIMEUR-ÉDITEUR

1898

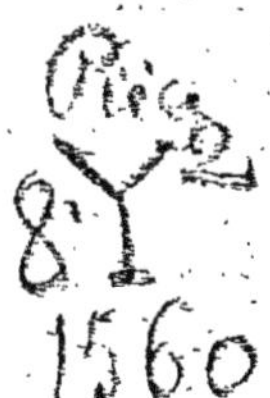

L'IMPOSSIBLE

—◇◇—

A Maurice Maindron.

Juste Bonnet était venu au monde avec un naturel plutôt gai ; mais au fur et à mesure qu'il avançait dans la vie, son caractère s'assombrissait, car il était de ces gens vraiment à qui rien ne réussit, et sur qui la déveine s'abat inexorable.

Tout petit, si sa nourrice le laissait seul quelques instants, elle pouvait être sûre, en rentrant, qu'un bond brusque du chien aurait fait chavirer le berceau.

Plus tard, à l'école, quand les camarades

bruissaient par trop fort, si le maître d'études, agacé, se décidait à sévir dans le tas, c'était toujours à l'élève Juste Bonnet qu'allait la punition.

Inutile de dire que dans ces mêmes années de collège, ce fut Juste Bonnet qui servit à ses camarades de souffre-douleur ; et que, quand arriva la période des examens, il brilla, devant ses examinateurs, par une éclatante et des plus absolues sécheresse.

Puis quand il fut en âge de convoler en justes noces, toutes les jeunes filles dont il demanda la main lui rirent au nez ; et quand, vers la trentaine, lassé de vivre seul, il se décida à demander sa servante en mariage, celle-ci lui répondit qu'elle regrettait bien, mais qu'elle se mariait avec un sabotier dans cinq semaines, et qu'elle comptait même qu'il lui ferait l'honneur de lui servir de témoin.

Juste Bonnet passait pour le meilleur des hommes, et il était fort estimé de tous ceux qui le connaissaient. Mais sa réputation de déveinard était si bien établie dans l'endroit où il habitait, que lorsque l'orage grondait sur la région, tous les voisins avaient les yeux sur la demeure de Juste Bonnet, assurés qu'ils étaient d'y voir tomber la foudre.

Il voulut, pour se distraire de tous ses malheurs, se mettre à faire l'élevage des chevaux. Aucune poulinière ne procréa. Elles s'étaient, on aurait dit, donné le mot pour être stériles. Juste Bonnet en fut pour ses frais très chers dans les haras.

— J'élèverai des poules, se dit cet homme à qui l'oisiveté pesait.

Il éleva des poules. Elles moururent toutes, du choléra des poules, précocement.

— Je planterai de la vigne.... Peut-être réussirai-je mieux !

Il n'y avait pas un an que sa vigne était plantée que le phylloxera commença à la ravager. Cinq ans après, le dernier cep succombait sous les morsures de ces poux infernaux.

Voyant qu'aucun de ses projets ne réussissait, Juste Bonnet devint triste et maussade. Son teint se colora de bile ; il devint hypocondriaque. Ce fut d'abord à peine sensible ; mais bientôt chacun put s'apercevoir que le chagrin le rongeait.

Un soir de Carnaval, ennuyé de la joie des autres qui festinaient en famille, tandis que lui dînait triste et seul ; un soir de Carnaval, Juste Bonnet résolut de mourir.

Il prit soin, avant de mettre son projet à exécution, d'écrire un testament irrévocable qu'il déposa chez le notaire, par lequel il léguait la propriété de tous ses biens, meubles et immeubles, à un arrière-petit-cousin qu'il n'avait jamais vu, mais qui ne pourrait s'empêcher de s'avouer qu'il avait de la veine, lui, au moins, quand le notaire ouvrirait le testament et qu'il en ferait la haute et intelligible lecture.

Juste Bonnet eut vite choisi le genre de suicide qui convenait le mieux pour l'envoyer *ad patres* : il s'asphyxierait par le charbon.

Dans sa chambre à coucher, Juste Bonnet apporta donc un grand réchaud à charbon, et ferma la porte et les fenêtres hermétiquement en mettant du mastic dans tous les joints. Puis il alluma le réchaud, s'étendit sur son lit, croisa les bras sur sa poitrine, et stoïquement attendit la mort.

La mort ne vint pas ; ce fut sa gouvernante qui entra, craignant un incendie, attirée par cette odeur bizarre qu'elle respirait depuis quelques instants. La porte avait bien été fermée à clef, mais n'avait pas été verrouillée intérieurement. Aussi la gouvernante n'eut-elle qu'à introduire son passe-partout dans la serrure ; et, sous une légère pression, la porte s'ouvrit.

La gouvernante angoissée, eut vite fait de comprendre le grand désastre qui serait arrivé, si par exemple elle était allée soigner ses lapins plutôt que de rester à la maison.

Sous la première bouffée d'air frais et pur, Juste Bonnet qui s'était d'ailleurs à peine évanoui, revint à lui, et fit un geste vaguement chasseur de mouches.

— Sauvé ! Il est sauvé ! gémit la gouvernante. Merci, mon Dieu !

Elle alla bien vite préparer une tisane qu'elle présenta à Juste Bonnet. Il l'avala d'un trait, et se sentit tout ragaillardi.

— Cela va mieux ? interrogea la gouvernante.

— Eh oui ! bougonna Juste qui venait de se rendre compte de sa résurrection... Vous aviez bien besoin vraiment de vous trouver là.

— Ainsi vous voulez mourir, mon bon

maître... Pourquoi ?... Est-ce que vous souffrez ?

— Non, je ne suis pas malade

— Est-ce que je vous ai fait de la peine dans mon service ?

— Il s'agit bien de ça !

— Promettez-moi au moins que vous ne recommencerez plus !

—Flûte !

Bref, Juste Bonnet, après avoir ingurgité une autre tasse du thé que lui avait fait en hâte sa gouvernante, se sentit mieux, et put dormir d'un sommeil réparateur.

Durant trois ou quatre jours, Juste tout honteux de l'acte de destruction qu'il avait essayé d'accomplir sur lui-même, n'osa pas sortir de chez lui, et défendit vertement à sa gouvernante de lui faire, ainsi que de faire aux voisins, la moindre allusion à sa tentative de suicide.

Il resta l'âme à peu près calmée durant une quinzaine de jours ; mais bientôt son dégoût de la vie le reprit... et il résolut d'en finir une bonne fois avec cette existence qui lui paraissait intolérable.

L'asphyxie ne m'a pas réussi, se dit-il...

Et bien, je m'empoisonnerai ; c'est un moyen plus radical.

Un matin, à son réveil, après avoir passé toute sa nuit à broyer du noir, il avala le contenu d'une fiole de laudanum achetée la veille.

Hélas ! il n'eut que des coliques et des vomissements ; car la dose était trop forte. Il fut malade deux jours, et se sentit guéri dès l'aurore du troisième.

Malgré les efforts que fit Juste Bonnet pour la lui cacher, sa gouvernante s'aperçut de cette nouvelle tentative de suicide : et ce fut en pleurant qu'elle lui demanda les raisons de cet acharnement qu'il avait à vouloir s'ôter la vie.

Elle lui renouvela toutes ses questions maternelles :

— Quoi donc manquait à Monsieur ? Est-ce qu'il n'était pas heureux ? Est-ce qu'elle faisait mal son service ? Est-ce qu'elle n'avait pas toujours été pleine d'égards pour lui ?

Agacé à bon droit, Juste envoya promener la bavarde.

Puis il retomba dans ses sombres pensées. Il chercha quel genre de mort lui paraissait présenter le plus d'avantages certains ; et il crut l'avoir trouvé dans l'emploi du simple nœud coulant d'une corde lisse.

Il se pendit, la nuit venue, à un arbre de son jardin.

Par malheur son jardin donnait sur une route ; et un vagabond qui passait, en quête d'un gîte, ayant aperçu un homme pendu à une branche, enjamba le petit mur et coupa la corde avec son couteau.

Une minute de plus, et c'en était fait de Juste Bonnet.

Mais Juste était sauvé. Le vagabond desserra le nœud coulant ; et le pendu bientôt, put humer l'air à pleins poumons.

Dès qu'il put parler, Juste Bonnet se mit à invectiver le brave homme.

— De quoi vous occupez-vous, hein ! dites donc ?... Et pourquoi êtes-vous là ? Est-ce pour me chiper mes poires ?... Partez d'ici, hein ! et plus vite que ça !

Tout penaud de sa bonne action aussi mal récompensée, le vagabond s'en alla, en quête d'un gîte, et d'autres aventures plus banales.

Juste Bonnet enroula la corde autour de

son bras, et rentra chez lui, confus de cette nouvelle avanie qui lui arrivait.

Furieux, il se coucha, et ne put dormir, tant il avait les nerfs surexcités. Mais sa résolution était bien prise. Dès l'aube il allait se jeter dans son puits.

L'aurore se leva, Juste Bonnet s'habilla à la hâte, et se dirigea vers le puits. Il enjamba la margelle, s'y cramponna des mains un instant, et se laissa tomber dans l'eau.

Il y eut un bruit sourd ; puis plus rien ne s'entendit... rien que les sabots d'une voisine qui venait prendre de l'eau pour faire à son homme la soupe matinale.

La ménagère mit son seau au bout de la corde qui glissa au fond du puits.

Inconsciemment Juste Bonnet qui se noyait, saisit la corde nerveusement, et il s'y cramponna si fort que la brave femme, croyant à un accroc de son seau le long des pierres de la maçonnerie, regarda dans le puits, et reconnut Monsieur Juste qui surnageait.

Elle cria : au secours ! de toute la force de sa voix. Son mari et quelques voisins accoururent aussitôt.

Quand ils surent de quoi il était question, l'un d'eux proposa à Juste Bonnet de se mettre les deux pieds dans le seau et de se laisser hisser jusqu'à la margelle.

D'une voix rendue encore plus caverneuse par l'endroit d'où elle partait, Juste Bonnet répondit :

— Non ; laissez-moi mourir.

Mais cela ne faisait pas l'affaire de ces braves gens qui s'en furent immédiatement chercher une longue échelle.

En hâte l'échelle fut introduite dans le puits.

Le plus dévoué descendit jusqu'à la nappe d'eau ; et il put réussir à saisir un bras de Juste Bonnet, à moitié noyé déjà.

Tant bien que mal il chargea sur ses épaules le corps inerte ; et il gravit chaque barreau de l'échelle jusqu'à l'orifice du puits.

Le corps fut recueilli par les autres voisins, et déposé pieusement sous un hangar. En lui frottant les tempes, en lui massant l'estomac, en lui tirant la langue, en lui faisant ingurgiter du rhum, on put arriver à rendre la vie à Juste Bonnet qui ne voulait pas d'elle.

Quand il fut revenu à lui, il lança à ses sauveurs ce court remerciement :

— Triples brutes !

Puis il se confina dans un mutisme absolu.

On le transporta dans sa chambre à coucher, et il y dormit, avec des briques chaudes aux pieds, accablé de fatigue.

A un moment donné, sa garde-malade s'étant un instant absentée, Juste Bonnet qui était de plus en plus résolu à mourir, profita du moment où il était seul pour prendre dans le tiroir de sa table de nuit un révolver, toujours par précaution chargé de cinq balles.

Il ajusta et se tira cinq balles dans la tête.

Cela fit cinq détonations effrayantes ; mais comme Juste Bonnet était très maladroit, il n'eut aucune égratignure ; et il ne réussit à faire des trous qu'à son bois de lit.

Quand la gouvernante, effrayée, au bruit des détonations accourut, elle aperçut Juste Bonnet très pâle et navré qui tenait encore à la main son arme fumante.

— Oh ! ne vous tuez pas ! supplia-t-elle.

— Imbécile ! répondit Juste Bonnet ; vous voyez bien que je n'ai plus de balles !

Il se mit à rire sardoniquement, avec une

exagération de nervosité. Puis il cria, rageur,
à sa gouvernante :

— Vous, vous savez, je vais vous mettre à
la porte ; car j'en ai assez de votre manie de
m'espionner sans cesse et de venir toujours
me déranger quand je n'ai pas besoin de
vous. Filez, allons ! Ouste !

La pauvre gouvernante obéit. Elle s'en
alla en levant les yeux au ciel, marmonnant
entre ses vieilles dents quelque vague in-
vocation à un Dieu propitiatoire.

Quand Juste Bonnet fut seul, il se tordit
les bras, de rage, sur son lit ; et il mordit
ses oreillers. Puis la réaction arriva ; et
Juste se sentit pleurer comme un enfant.

Il songeait :

— Suis-je donc un maudit sur cette terre !
Eh quoi ! j'ai l'intention ferme de me donner la mort ; et je ne puis réussir dans mon
dessein ! Toutes les fatalités sont contre
moi !... Misère !... J'ai d'abord essayé de
me tuer par le charbon, et par le laudanum.
Puis, j'ai voulu me pendre. Je me suis noyé ;
et je me suis fait sauter la cervelle avec
cinq balles de révolver... Malgré tout, je
suis toujours vivant !... et je ne puis, par
aucun moyen, m'enlever cette vie qui me

pèse ! Ah ! je suis bien vraiment le misérable, le malchançard, le maudit !

Il sonna sa gouvernante pour qu'elle lui
apportât quelque nourriture, et mangea.

Quand il eut fini, il prit un journal qu'il
essaya de lire… mais il s'endormit d'un
profond sommeil avant que d'en avoir lu un
quart de colonne.

Il ne fit pas des rêves d'or, non ; car
depuis bien longtemps il ne rêvait plus que
de choses sombres ; et les songes qu'il avait
étaient d'épouvantables cauchemars. Le rêve
qu'il eut cette fois, fut la simple vision des
derniers incidents de son existence ; et
Juste Bonnet se mit à trembler de tous ses
membres, rien qu'à repasser mentalement
toute la série de suicides qu'il avait voulu
perpétrer, et qui n'avaient pas abouti. N'a-
vait-il pas essayé d'abord du charbon, qui
lui avait donné un petit mal à la tête ; du
poison, qui lui avait un peu barbouillé le
cœur ; de la corde, qui lui avait légèrement
égratigné la peau du cou ! Puis il s'était
jeté à l'eau. Il avait changé de vêtements,
et n'avait même pas pu attraper un rhuma-
tisme. En dernière ressource, il avait voulu

se tirer des balles.... le bois de son lit seul avait été endommagé.

Mais ce fut dans ce sommeil agité qu'une idée géniale lui vint :

Pour être bien sûr de se tuer, il fallait qu'il usât de tous ces modes de suicides à la fois.

Son plan fut vite et bellement conçu dans tous ses détails ; car les inspirations les meilleures, chez certains hommes, sont incontestablement celles qui ont lieu durant le sommeil.

Voici ce qu'il ferait :

Il avalerait d'abord du LAUDANUM, se PEN-DRAIT à une forte branche d'arbre s'allongeant sur une RIVIÈRE. Il allumerait sous la branche d'arbre un énorme BRASERO de charbon ; et de la main droite, une fois pendu, il se tirerait à la tempe des coups de RÉVOLVER.

Il avait beau réfléchir, il ne voyait pas comment ce plan si génialement conçu, si bien combiné, ne pourrait pas, cette fois, aboutir. Ce serait un suicide quintuple qu'il ferait là ; et ce serait aussi sa revanche contre le Destin : il ne mourrait pas au moins d'une façon banale. En admettant que le

poison ne fit pas d'effet, qu'il en prît une
trop forte ou trop faible dose, n'avait-il pas
la pendaison qui ne le manquerait pas, et
son révolver, avec lequel, cette fois, il vi-
serait bien? Si la corde était trop fragile, il
tomberait dans la rivière, et s'y noierait in-
failliblement, avec d'autant plus de facilité
qu'il ne savait pas nager, et que l'eau serait
profonde à l'endroit qu'il choisirait. Pour ce
qui était du charbon, il se rendait bien
compte qu'il ne périrait pas asphyxié, mais
il voulait quand même cette mise en scène,
cet ultime décor, par fantaisie, par dilet-
tantisme, et pour narguer le Destin.

Quand il se réveilla de son long sommeil,
Juste Bonnet n'avait perdu aucun détail de
ce qu'il venait de rêver. Il se ressouvenait
parfaitement du plan que venait de combi-
ner son imagination vagabonde.

Il s'étira d'abord les bras ; puis, de joie,
se frotta les mains. Enfin il allait donc pouvoir sortir de cette vie !...

Tout joyeux, il se leva, et alla faire un
tour de jardin. Le reste de la journée se
passa pour lui dans la plus parfaite quié-
tude ; et tous ceux qui, durant deux jours,
approchèrent Juste Bonnet, s'étonnèrent de

lui voir la figure presque radieuse, à lui qui ne portait jamais, même aux plus grands jours de fête, qu'une face funèbre de croquemort

Le difficile était de trouver l'endroit favorable pour la mise à exécution de ce plan si bien combiné. Deux ou trois jours durant, Juste Bonnet chercha sur la rivière un chêne étendant sur l'eau profonde une forte branche. Le succès couronna ses efforts; et il trouva la branche désirée, assez forte pour supporter le poids d'un bœuf. Oui, c'est là qu'il se pendrait, dans cet endroit solitaire.

Personne là du moins, n'aurait chance de le venir déranger; et la branche ne casserait pas. En outre, si, pour une raison quelconque, nœud mal fait ou corde trop faible, son corps glissait avant que la strangulation ne fut accomplie, il tomberait à l'eau comme une lourde masse, et se noierait, indubitablement.

Tout allait pour le mieux...

Une nuit donc, une nuit noire, Juste Bonnet partit de sa maison muni d'une grille, d'un sac de charbon de bois, d'un révolver, d'une fiole de laudanum et d'une corde.

Tout cela était bien lourd à ses bras et à

ses épaules ; mais il avait foi en la réussite
de son plan ; et la foi, comme chacun sait,
soulève des montagnes.

Juste Bonnet marchait, allègrement même,
portant avec joie son fardeau libérateur.

Quand il eut marché longtemps par la
campagne, ayant sauté pas mal de buissons,
traversé une vingtaine de champs bourbeux ;
après s'être heurté les pieds aux bornes et
égratigné les mains aux ronces, il arriva
enfin à son lieu de délivrance.

Comme il avait pris soin chez lui de faire
un nœud coulant à sa corde, il n'eut donc
qu'à l'attacher à l'arbre.

A un court rayon de lune, Juste Bonnet
put voir la corde qui pendait, lamentable et
dramatique. Et il fut content de l'effet.

Il disposa ensuite sa grille non loin du
pied de l'arbre, la remplit de charbon, et
l'alluma avec quelques journaux, des bran-
ches mortes et des feuilles sèches.

A la flamme il se chauffa les mains, stoïquement, y alluma une cigarette, la dernière,
la cigarette des condamnés. Il la fuma jusqu'au
bout, nonchalamment. Puis quand il eut
aspiré la dernière bouffée, il s'assura d'un
geste qu'il avait bien son révolver dans sa

poche, avala précipitamment son laudanum, fit un : pouah! de satisfaction, grimpa à bout de bras à la corde pendante, et se mit la tête dans le nœud coulant.

Sans s'inquiéter plus que de raison de la douleur que lui faisait cette pression circulaire de la corde sur le cou, d'un mouvement fébrile, il leva la main droite armée du révolver qu'il appliqua à sa tempe droite, pressa la détente; et... paoum!... la balle coupa la corde, et le pendu coula dans la rivière.

L'eau se referma bouillonnante sur Juste Bonnet; et la fin tant désirée serait certainement venue si, par instinct de la conservation, sans se rendre compte du tout de ce qu'il faisait, Juste Bonnet ne s'était raccroché violemment à une des racines, baignant dans la rivière, de l'arbre auquel il avait voulu se pendre.

Il n'était pas resté une minute dans l'eau; et bientôt il se trouva à terre, sur la rive, échoué.

Hélas ! il avait quand même trop bu d'eau durant cette courte baignade; car dans un haut-le-cœur il rendit tout le laudanum absorbé.

Ironie dernière, le charbon qu'il avait allumé dans la grille, ne servit qu'à sécher ses vêtements, et à le réchauffer lui-même de son insolite bain froid.

Tant de péripéties en de si courts instants, avaient tellement éteint l'esprit, tellement anihilé les forces corporelles et l'énergie de Juste Bonnet, qu'il resta là, le misérable, auprès du brasero qui le réchauffait, lamentable épave.

Quand la conscience lui revint, Juste Bonnet se mit à pleurer de rage. Ainsi rien n'y faisait ; il ne pouvait pas mourir ! C'était terrible, à la fin, d'être, nouveau Sisyphe, attaché de la sorte au rocher de l'existence !

Piteusement, ayant jeté dans l'eau sa grille, il revint chez lui et se coucha.

Il n'était pas au lit depuis une heure que chanta le coq. C'était le matin.

Quelle dure matinée eut à passer Juste Bonnet. Il était la proie d'une foule de pensées qui toutes, se heurtant, lui oppressaient le cœur.... Il n'avait pas demandé à vivre, lui. Non, mais puisque enfin il était venu en ce monde de misère, il lui paraissait inique de n'en pouvoir sortir. Et pourtant il avait bien essayé, croyait-il, tous les moyens possibles de se donner la mort ; et il n'y était pas parvenu !... Combien, dans son accablement, il se sentait misérable !... Et il pleura d'amères larmes, en proie à une atroce douleur de se sentir vivre encore et malgré tout.

Mais bientôt une sombre énergie s'empara de lui ; car une idée subite lui était venue.

— Non, cria-t-il ; non, je n'ai pas essayé de tous les genres de suicides. Il y a l'instrument béni qui ne rate pas ; il y a la guillotine !... J'ai vécu honnête jusqu'à présent ; mais je veux mourir : je deviendrai donc criminel. Je tuerai !

Puis après un temps de réflexion.

— Je tuerai. Mais qui ? puisque je ne veux de mal à personne, et que je n'ai pas d'ennemis connus ? Ah ! tant pis ! que le sort en soit jeté ! Je tuerai la première personne venue, n'importe qui ; et je serai donc enfin delivré.

Il chargea à nouveau son révol'ver, et descendit de sa chambre en le tenant à la main.

Au bas de l'escalier il rencontra sa gouvernante qui lui demanda gentiment s'il avait passé une bonne nuit.

Juste Bonnet crut voir sans doute une pointe d'ironie dans cette demande ; car une lueur mauvaise passa dans son œil, et il rugit :

— Tant pis ! ce sera vous !

Puis à bout portant, il envoya l'une après l'autre, froidement, férocement, les balles du révolver dans la poitrine de la pauvre femme qui tomba, morte, dans son sang.

Sans plus tarder, Juste Bonnet attela son cheval, et alla immédiatement se livrer aux mains de la gendarmerie.

Les gendarmes firent une enquête sommaire, prévinrent le procureur de la République, et gardèrent vingt-quatre heures Juste Bonnet en prison.

Quand il fut bien reconnu que Juste Bonnet était vraiment l'assassin ; Juste Bonnet qui se frottait déjà les mains de l'aise qu'il avait à rêver guillotine…, fut immédiatement dirigé vers un asile d'aliénés, d'où il ne sortira plus.

Et comme sa manie de suicide est bien

reconnue, on l'a mis dans un de ces cabanons rembourrés qu'on donne aux fous furieux. Il n'a même pas la ressource de se frapper violemment contre les murs ; car le choc serait impuissant même à lui aplatir un pou sur le crâne.

C'est bien en vain qu'il tenterait maintenant l'impossible suicide.

GUSTAVE GUITTON.